기획의 말

그리운 마음일 때 'I Miss You'라고 하는 것은 '내게서 당신이 빠져 있기(miss) 때문에 나는 충분한 존재가 될 수 없다'는 뜻이라는 게 소설가 쓰시마 유코의 아름다운 해석이다. 현재의 세계에는 틀림없이 결여가 있어서 우리는 언제나 무언가를 그리워한다. 한때 우리를 벅차게 했으나 이제는 읽을 수 없게 된 옛날의 시집을 되살리는 작업 또한 그 그리움의 일이다. 어떤 시집이 빠져 있는 한, 우리의 시는 충분해질 수 없다.

더 나아가 옛 시집을 복간하는 일은 한국 시문학사의 역동성이 드러나는 장을 여는 일이 될 수도 있다. 하나의 새로운 예술작품이 창조될 때 일어나는 일은 과거에 있었던 모든 예술작품에도 동시에 일어난다는 것이 시인 엘리엇의 오래된 말이다. 과거가 이룩해놓은 질서는 현재의 성취에 영향받아 다시 배치된다는 것이다. 우리는 현재의 빛에 의지해 어떤 과거를 선택할 것인가. 그렇게 시사(詩史)는 되돌아보며 전진한다.

이 일들을 문학동네는 이미 한 적이 있다. 1996년 11월 황동규, 마종기, 강은교의 청년기 시집들을 복간하며 '포에지 2000' 시리즈가 시작됐다. "생이 덧없고 힘겨울 때 이따금 가슴으로 암송했던 시들, 이미 절판되어 오래된 명성으로만 만날 수 있었던 시들, 동시대를 대표하는 시인들의 젊은 날의 아름다운 연가(戀歌)가 여기 되살아납니다." 당시로서는 드물고 귀했던 그 일을 우리는 이제 다시 시작해보려 한다.

기획의 말

그리운 마음일 때 'I Miss You'라고 하는 것은 '내게서 당신이 빠져 있기(miss) 때문에 나는 충분한 존재가 될 수 없다'는 뜻이라는 게 소설가 쓰시마 유코의 아름다운 해석이다. 현재의 세계에는 틀림없이 결여가 있어서 우리는 언제나 무언가를 그리워한다. 한때 우리를 벅차게 했으나 이제는 읽을 수 없게 된 옛날의 시집을 되살리는 작업 또한 그 그리움의 일이다. 어떤 시집이 빠져 있는 한, 우리의 시는 충분해질 수 없다.

더 나아가 옛 시집을 복간하는 일은 한국 시문학사의 역동성이 드러나는 장을 여는 일이 될 수도 있다. 하나의 새로운 예술작품이 창조될 때 일어나는 일은 과거에 있었던 모든 예술작품에도 동시에 일어난다는 것이 시인 엘리엇의 오래된 말이다. 과거가 이룩해놓은 질서는 현재의 성취에 영향받아 다시 배치된다는 것이다. 우리는 현재의 빛에 의지해 어떤 과거를 선택할 것인가. 그렇게 시사(詩史)는 뒤돌아보며 전진한다.

이 일들을 문학동네는 이미 한 적이 있다. 1996년 11월 황동규, 마종기, 강은교의 첫번째 시집들을 복간하며 '포에지 2000' 시리즈가 시작됐다. "생이 덧없고 힘겨울 때 이따금 가슴으로 암송했던 시들, 이미 절판되어 오래된 명성으로만 만날 수 있었던 시들, 동시대를 대표하는 시인들의 젊은 날의 아름다운 연가(戀歌)가 여기 되살아납니다." 당시로서는 드물고 귀했던 그 일을 우리는 이제 다시 시작해보려 한다.

누이야 날이 저문다

문학동네포에지 076

김용택 시집

누이야
날이
저문다

시인의 말

여기 이 글들은 내 첫 시집 『섬진강』과 두번째 시집 『맑은 날』보다 훨씬 이전에 쓰여졌다.

나는 이 글들을 정리해둔 뒤 6~7년 후에 「섬진강」 연작을 쓰기 시작하면서 문단에 나왔다.

이 글들은 자기만의 사사로운 가치를 소멸시켜가는 내 방황의 흔적이며, 이 땅의 진정한 사랑과 올바른 삶으로 나를 해방시키기 위해 춥고 배고픈 겨울에 언 손을 비벼 가며 쓴 내 청춘의 부끄러운 고백이다.

이 작고 부끄러운 시집을 저 오랜 내 추억, 한 그늘진 구석에 가만히 놓는다. 거기가 이제 환해지리라.

1988년 봄
김용택

개정판 시인의 말

나는
이 '시의 집'에서 살다가 '시의 얼굴'을 세상에 내밀었다.
다시 읽어보니, 새삼스럽기가 이루 헤아릴 수 없다.
수없이 많은 날들이 일일이 내 손을 잡는다.
모두들 잊지 않았다.
반갑다.
멀리 가지 않았으니
모두 안심하고 편안하여라.

2023년 6월
그때 그 집 그 방에서
김용택 쓰다

차례

집

외딴집,
외딴집이라고
왼손으로 쓰고
오른손으로 고쳤다

뒤뚱거리며 가는 가는 어깨를 가눴다

불 하나 끄고
불 하나 달았다

가물가물 눈이 내렸다

초가 일기

하늘 아래 집을 이었습니다
병아리를 내리고
한 귀퉁이 담을 허물었습니다
남향부터 복사꽃이 피고
그늘 없는 냉수를 마셨습니다

초가집

제 그림자를 잡고 앉아 있는 여자
시꺼멓게 그을려 있다

풀꽃들이 저물어
낮은 처마밑으로
찾아들고 있다

슬픔

외딴곳
집이 없었다
짧은 겨울날이
침침했다
어디 울 곳이
없었다

잠

오늘 처음 소쩍새가 울었습니다
돌아눕고 돌아눕다 잠들었습니다
내 야윈 어깨에 달이 진 얼굴 하나
적막하게 묻혀 있습니다

길

실낱같이 가는 샛길로 샛길로 가서
마지막 샛길 끝에
말이라도 걸면 금방 쓰러질 것 같은
슬픈 초가 한 채

아무도 가지 않고
이따금 내가 가다가 해 져서
길 잃고 길 없이
돌아온다

노란 초가집

하늘은 청명합니다
고샅길을 걷습니다
울 넘어 핀 개나리꽃을 보며
움막이라도, 내 집 한 칸을 지어야겠다고 생각했습니다

세 기둥을 세워 받치고
한 기둥은 닿지 않습니다

짓지 못한 노란 초가집이 천천히 허물어지는 슬픔,
다시 걷습니다

남향

허리 숙여 드나드는
움막집 한 채를 지었습니다
지붕이 노란 집입니다 남향이구요

앞산엔 멀리 응달입니다
봄마다 진달래가 피고 지구요
북향엔 봉창을 두었습니다

손때 묻은, 엽서 같은 구름장으로도
덮을 수 있습니다

집이 없었다

해가 지고 있었다
그녀가 돌아앉더니
그녀의 가슴에 내 머리를 묻어주었다
수면이 가만히 흔들리며 얼고 있었다
그녀가 내 머리를 쓸어주며
하늘을 보고 있었다

그녀가 울고 있다고 느꼈을 때
내가 그녀의 손을 더듬어 찾고
그녀가 내 머리에 얼굴을 비볐다

해는 어디나 지고 없었다

침침한 하늘에 별이 뜨고
집이 없었다

또 집이 없었다

어디나 어둠이 시작되었다
그녀가 마른손으로
조용히 나를 이끌고 어딘가로 갔다

허술한 남향 초가집 마루에 나를 앉히더니
나를 보고 나부끼듯 웃었다
나는 조바심으로 그녀를 안았다

노란 초가집이 쓰러졌다 새가 날았다
새가 날아간 쪽은 어느 쪽일까
듬성듬성 서 있는 잡목들 가지에서 새가
한 여자의 죽음을 새롭게 울어주었다

또 집이 없었다

바람

며칠을 바람 찾아 돌아다녔습니다
저물 때 저물어서
고개 숙여 어둑어둑 걷습니다
아무래도 나이 스물은 슬픈 것 같습니다

걸을수록 슬픔은 무거워
몸으로 견디기 힘듭니다

슬픔이 무거워
어둠에 머리 기대고 핀
하얀 들꽃들을 만났습니다

정든 땅 언덕 위 초가 토방에 앉아
해 걷힌 눈을
마당에 깔았습니다

빨래

제비가 돌아왔습니다
흘릴 쌀알 하나 없이
묵은 가난이 목에 걸립니다

찬물로 누더기 한 벌을
빨래해서 널었습니다

빨랫줄이 배불러 보였습니다

봄잠

요즈음
외로움이 잘 안 됩니다
맑은 날도 뽀얀 안개가 서리고
외로움이 안 되는 반동으로
반동분자가 됩니다

외로움의 집 문을 닫아두고
나는 꽃 같은 봄잠을 한 이틀쯤

쓰러진 대로 곤히 자고 싶습니다
그리고,
새로 태어나고 싶습니다

하얀 고무신

키발하고 빨래를 널고 있다
하얀 고무신 뒤꿈치가 벗겨지고
얇은 그늘이 고였다

슬픔처럼 뒤뚱거렸다

비가 왔다가 갔다

행복 1

외딴 초가집이 몇 번 쓰러졌습니다
쓰러질 때마다 온몸으로 받쳤습니다
집이 바로 서고
집이 바로 설 때마다
꼬끼오
서툴게 영계가 울었습니다

행복했습니다

행복 2

바람 없이 눈이 내린다
이만큼 낮은 데로 가면 이만큼 행복하리
살며시 눈감고
그대 빈 마음 가장자리에
가만히 앉는 눈

곧 녹을

행복 3

바람 타고 눈이 내린다
이 세상 따순 데를 아슬아슬히
피해 어딘가로 가다가
내 깊은 데 감추어둔
손 내밀면
얼른 달려와서
물이 되어 고이는
이 아까운 사랑

사랑 노래 1

그대 앞에 다 부려버리고 뼈로 섰다
아, 저문 강에 살 흐르는 소리

보리와 농부

내 숨 가져간
바람아 바람아 저녁 바람아
앞산 보리들이 하얗게 넘어지더니
무릎 짚고 푸르게 일어서는구나

저 검은 저녁 산 같은 짐 지고
산 한평생
넘어질 때마다 흘린 핏자국
죽어 눈감고 가는
길 모퉁이마다
선연히 보인다

그리운 우리

저문 데로 둘이 저물어 갔다가
저문 데서 저물어 둘이 돌아와
저문 강물에
발목을 담그면
아픔 없이 함께 지워지며
꽃잎 두 송이로 떠가는
그리운 우리 둘

편지

오늘밤 유난히 달이 높이 떴구나
갈아놓은 텃논 흙더미에
달빛이 번득이고
봄이야 봄처럼 왔건만
봄에도 기다리는 봄을 너는 아느냐
모래바람으로 머리 아프게
봄바람은 날마다 분다

누이야
고압선 전깃줄에 걸려
까맣게 금간 달을 보며
봄밤에도 봄을 기다리다
나는 얼굴이 까맣게 타서 돌아온다

내 사랑은

몇 번 허물어진 흙담이었네
한 방울 이슬도 안 되는 마른 안개였네
어딘가 쌓이는, 베어지지 않는
어둠 속의 칼질에
흩어지는 꽃잎이었네
여린 바람에도 넘어지는 가벼운 풀잎,
기댄 풀잎이 누워도 따라 누워버리는
마른 풀잎이었네
내 영혼은 어디에도 쉴 수 없는
한줄기 시내,
그 시냇물 속에 뜬 한 점의 구름
그 구름의 풀어지는 그림자였다네
때로 내 얼굴은 그런 그늘에도
묻어가버리는 물기였다네
내 사랑은
한낮 뙤약볕 뜨거운 자갈밭에
맨발로 서서 보는
들패랭이꽃
그 꽃잎 떨어진 빈 꽃대
그 부근의 희뿌연 설움, 그런 배고픈 귀울음이었네
끝없이, 끝도 없이 사랑을 찾아 헤매다
다시 끝을 보는 끝에서
처음을 여는 배고픈 첫새벽의 서리꽃
핀 나뭇가지에

웅크린 새였다네

나의 고향은 한때 바다였다네
몇 가지 색깔로 죽었다가
몇 가지 색깔로 다시 살아나는 바다
나는 어느 한 색깔로도 죽지 못하는 바다였다네
새벽 바다의 울음, 그런 가장 낮은 흐느낌
내 그리움은 가장 깊은 수심에서 일렁이는 물결
그런 숨막힘이었네
내 외로움은
풀어지는 안개
모래밭에 떨어지는
허망한 빗방울이었다네
아아, 내 사랑은
깨끗한 새벽하늘에
새벽을 가르고 와 내 이마를 때리는
서늘한 별빛
그런 칼날이고 싶다네

풀

봄비 뿌린다
뿌리까지 다 젖어
작년 풀이 올해 아주 눕는다
빚은 다 갚았는가
그 위에
턱없이
새봄이 오고 있다

달맞이꽃

그리움 가득 채우며
내가 네게로 저물어가는 것처럼
너도
그리운 가슴 부여안고
내게로 저물어옴을 알겠구나
빈 산 가득
풀벌레 소낙비처럼
이리 울고
이 산 저 산 소쩍새는
저리 울어
못 견디게 그리운 달 둥실 떠오르면
징소리같이 퍼지는 달빛 아래
검은 산을 헐고
그리움 넘쳐 내 앞에 피는 꽃
달맞이꽃

그리움

오늘밤 달이 높이 뜨고
올 들어 처음 소쩍새가 웁니다
이 산 저 산에서
이 산 저 산 하며 웁니다
슬픔인지 기쁨인지 아련하여
멍멍한 귀를 닦습니다
달빛이 싫으면
문 닫고 돌아누우면 되지만
엎딘 가슴 여기저기 귀 묻어도
이제 소용없음을 압니다
먼 데서 가만가만 속짝속짝 울어도
그리움은 벅차올라
산처럼 넘어져와 나를 덮을 것임을 나는 압니다

오늘밤 달이 높이 뜨고
올 들어 처음 소쩍새가 웁니다
올봄 또 어찌 다 견디어낼까요

초봄, 산중 일기

오늘은 하루종일 산중에 봄비입니다
문 열면 그대 가듯 가만가만 가고
문 닫으면 그대 오듯 가만가만 옵니다
문 닫으면 열고 싶고
문 열면 닫고 싶고
그 두 맘이 반반입니다
한 맘이 반을 넘어
앞산 뒷산 산산이 다 초록이 되어버리고
그대가 내 맘 안팎에서 빨리
미워졌으면 좋겠습니다
내 맘은 지금 비 지나는
물 위 같습니다
자꾸 동그라미가 그대 얼굴로
죽고 살고 합니다
오늘은 하루종일 서성여도 젖지 않는
산중에 오락가락 봄비였습니다

사랑 노래 2

돌아눕고 돌아눕고 돌아누워
온밤을 뒹굴어 만든 사람아
아침 햇살에
흔적도 없이 녹아버린 사람아

사랑 노래 3

사랑의 눈과 눈이 만나 붐비네요
붐비는 것은
바람 없이 노는
금싸라기 같은 햇빛이구요

아물아물 눈이 시네요
오오, 봄이군요
우린 둘 다
진달래 빛 환한
앞산 뒷산이구요

달빛

잎잎이 손 내밀어 받은 달빛
비벼도 비벼도
어? 어? 다시 비벼도
묻어나지 않고
살 패어 피 묻어오는
이 아픈 사랑

손

눈보라치는허허벌판해가졌다
시린오른손으로시린왼손을덮고
어디숨을곳이없다

나비

어제 본 들패랭이꽃이
오늘 한낮에 졌다
어제의 기억으로
오늘 허공에 헛앉았다
그 자세로 가는
나비

바다 울음

초저녁엔 건잡을 수 없는 바람뿐이더니
새벽엔 안개뿐이데
바다가 조용히 내려와 가장 낮게 흐느끼데

그렇데
그때는 훨훨 안 잡혀지는 안개
안개뿐이데

죄

안으로 철렁 마음 잠근 그대여
내 마음 한곳도 그렇게 잠겼으리
꽃 새로 피고 새 우는 봄날 빈 마음으로
그대 무덤가에 고개 숙여 그대 생각함은
발목부터 저려오는 자욱한 안개, 안개뿐이네

내 던진 흙 한줌 내 가슴에 재 되어 뿌려지고
그대 감긴 눈에서는 흙이었으리
잠긴 문 손 넣어 열면
지금은 녹슨 문고리 힘없이 풀리리
그러나 그대여
안개 같은 마음들을 열어서 무엇 하리
다만 내 빈 마음 하나로 저물어왔다가
빈 마음 하나로 어둑어둑 저물어가듯
꽃 피고 새 우는 봄이 가고
눈 내리고 바람 부는 겨울이 지나
다시 그런 봄이 올 뿐
이렇게 내가
저물어왔다가 저물어가면
내가 왔다가 가는지 누가 알겠는가

진달래꽃

소쩍새가 웁니다
산 넘고 물 건너 간
내 님이 산 넘고 물 건너 돌아옵니다
치맛자락 휘날리며
오다가 오다가
작년 거기서 자욱하게 손 흔들며
사위어버리는

닭 울음

우리집 닭이 한 번 울고
이웃집 닭이 한 번 울고
온 동네 닭이 다 울었습니다
마을에서 마을로 길이 다 열리고
새벽하늘 한군데가
환하게 뚫려 있었습니다

사랑 노래 4

마음도 언제나 가난합니다
반 평은 잡초들이 우북하고
나머지는 벌건 빈 땅입니다
아픔은 언제나 한 평이고
마음입니다
당신은요?

끝마다 시립니다

목단꽃

꽃을 보면 배가 고픕니다 굶고 싶습니다
붉은 꽃일수록 더 그렇습니다
미칠 것 같은 새하얀 공복에
핏방울처럼 가볍게 떨어지는
꽃잎 한 장

밝은 날

되돌아올 자리도
가서 숨을 곳도 없이
미친 채로 떠도는
너무 청명한 날

해가 무겁다

저녁

길이 하얗게 드러나고 있다
길 끝에서 죽은 그대가
아직도 자욱이 가고 있다

흔적

어젯밤엔 그대 창문 앞까지 갔었네
불 밖에서 그대 불빛 속으로
한없이 뛰어들던 눈송이 송이
기다림 없이 문득 불이 꺼질 때
어디론가 휘몰려가던 눈들

그대 눈 그친 아침에 보게 되리
불빛 없는 들판을
홀로 걸어간 한 사내의 발자국과
어둠을 익히며
한참을 아득한 서 있던
더 깊고
더 춥던 흔적을

너의 자리

어떻게 놓아도 자리잡지 못한다 내 잠은
어디에 놓지 못한 잠을 머리에 희게 이고
달 진 새벽 밤까지 마른 발바닥으로 걸어
꽃인 그대에게로 가서
불덩이 같은 내 이마를 기댄다
숨결 고른 새벽하늘
뜨겁다 그대의 머리도
내 몸은 어제보다 몇 근 더 줄어든다

밤마다 나는 어디에 홀려 떠돈다
마지막엔 그대를 만나 뜨거움을 줄이고
그대는 내 뜨거움을 빼앗고 무심히 나를 버린다

그대는 어제보다 가벼워진 것 같다
너는 날 것 같다 날 것에 신경쓰지 않는 너는
다음날 새벽엔 이 세상에 없을 것 같다
수많은 꽃 중에서
너의 자리는 빌 것 같다

올봄

올봄엔 때없이 바람이 불곤 하였습니다
저물녘에 잠들었던 바람이
한밤중에 깨어나
잠긴 문을 아무데나
흔들어대곤 했습니다
아무도 문 열지 않았습니다
나도 이불 속에서
생각을 생각하며
생각이 자리잡히지 않아
돌아눕곤 했습니다
잠들어 누운 대로 눈뜨면
새벽별 하나가
금간 벽 틈으로
나를 물끄러미 쳐다보곤 했습니다

꽃이 많아서

꽃이 많아서 슬픈 봄이네요
풀 속에 무리무리 고개 들고
그만그만한 키로
바람도 없이 벙글어 어느 한 꽃이 쓰러지면
함께 쓰러질 풀꽃들
서로서로 향기로 배고프고
배고픈 향기로 꽃들은 더욱 선명하네요
강변 가득히 깔린 꽃들이 보기 싫어서
외면하지만 마음은 거기 가 있습니다
누가 지금 저 꽃을 꽃이라 하겠습니까
누가 있어 저 꽃을 꽃이라 말하면
꽃이라고 대답하겠습니까

강변의 추억

가는 봄같이 가는 봄같이
누이는 바람 강 건너듯
시집가고
강가까지 따라 나와
강물에 발을 적시며
손을 흔드는
노랑 풀꽃

큰 누이 작은 누이

시인학교 졸업식

굶자
어제는 탈탈 굶고
오늘은 배고프다
죄짓고 싶은 마음도 어디에 쑤셔박고
머리 비벼 우는 날
외롭다 외로움이 안 되어 외롭다

굶자
배고픔도 배고픔으로 때우고
이 악물면 대낮에도 별이 뜬다
고흐의 그림도 흑백으로 죽여보고
좀 괴롭자
흐린 날들이다
굶자
청청하게 굶자

흐린 날

요즈음
사람들이 흐려 보여
가까운 사람일수록 더 그래
배가 고파
굶고 싶어
문뜩 해가 져
죄짓고 싶어
죄지으면 지금 이 봄이 봄이 될까

눈물

물기 없이 메마른 세상
내 눈물을 어디에 흘릴까
세상은 달구어진 쇳덩어리처럼 뜨거운데
내 눈물을
어느 손등에 떨굴까

허공에 떠돌다 마른 허공에 잦아지거라

눈짓을 주면 부서질 눈물이요
조금만 움직여도 쏟아질 눈물이다
떨어져 부서지기 전에 감추어져버릴
눈짓을 보내다오
머리 땋아 댕기 달고
옥양목 흰 저고리에 검정 치마 입은
내 누님의 눈 내려간 눈길 같은 눈짓을 보내다오

강

겨울 짧은 해 침침하게 진다
저묾에 흘리고 흘려서
저문 데로 가서 몸만 부리고
저물어 돌아오면 누가 그대 온 줄 알겠는가
하루를 저물게 하여
강물은 끊임없이 어둠을 실어가
세상을 다 저물게 한다

보아라 어두운 강물에 언뜻언뜻 보이는
강물의 희디흰 뼈
피도 보이지 않는다

저물 때 저물어가서
저물어 돌아오면 누가 그대 돌아온 줄 알겠는가
소리 없이 흐르는 물 가까이 걷는
그대의 기쁨을 누가 알겠는가
끊임없이 흐르는 강물에
그대 핏줄을 잇고
핏줄 끝을 잡고 나는 풀잎처럼 쓰러져 강이 된다

세상

한밤중에 일어나
세상사 생각할수록 미치겠음
소쩍새 욺 먼 데서 욺
아무리 돌아눕다 돌아눕다 도로 일어나
앉아봐도 미치겠음
소쩍새 욺 먼 데서, 아주 먼 데서 욺
불 네 번 끄고
다섯번째 벌떡 일어나
세상사 요모조모 뜯어놓아도
세상은 다각적으로 미치겠음, 미치겠음
소쩍새 욺 먼 데서, 먼 데서 아주아주 먼 데서 욺
너 이놈, 이놈 이 천벌을 받을 개보다도 못한 놈
불 끔
이하 생략

오늘

오늘은 고개 떨구고
마음의 끝을 보며 한없이 걸었습니다
어디나 해가 지고
어둑어둑 저물어
자욱하게 드러난 풀길로
하얀 꽃들이 지나갔습니다
마음이 갈 데 없어 마음이 무거워
발길은 정처 없고
내 발자국 소리가
내 발자국 소리를 따라오는 소리만 들렸습니다

불꽃

어젯밤엔 그대 무릎 베고 잠이 들었네
내 흩어진 꿈들을 모아 찬찬히 깁던 등잔 아래
마음 수그릴 그대 손끝의 심지 낮춘 고요로움
밖엔 눈보라가 치고
이따금 문틈으로 새어드는 찬바람에
흔들리는 불꽃을
일손 놓고 감싸며 지키던
그대 전신의 너울거리는 춤을 나는 보았네
다시 불꽃이 멈추고
그대 고요로움이 잔잔하게 스며드는 등잔 밑의 어둠
불가에 어리던 무지개같이 찬란한
안심의 눈물바람을 보았네
다 기운 이불을 덮어주며
내 나온 한 손에 꼭꼭 쥐여주던 생화 한 포기,
내 감춘 다른 한 손에 쥐여주던 심지 돋군 불꽃

그대 잠든 동안 한 손에 꽃을 들고
다른 한 손에 불을 들고
바람 부는 들판에 나서는 내 정처 없는 외로움을
용서하던 그대여
그대 어둠 속에서 뒤척일 때마다
흔들리던 내 불꽃
꽁꽁 언 논두렁들을 헤매이다
불지르지 못하고, 꽃 심지 못하고

꺼진 불로 들어서면
내 시린 언 몸을 감싸 녹여주며 쓸어주던
그대 따사로운 전신
내 손들을 그대 가슴에 꼭꼭 묻어주던 그대

어젯밤엔 그대 무릎 베고 잠이 들었네
죄가 아름다운 세상
그대 가락 같은 가르마 길 너머 불꽃을 바라보며
어젯밤 나는
그대 무릎에서 불과 꽃의 세상 꿈꾸며 잠이 들었네

가을 산

활딱 벗고 빨래했구나
저 산골짜구니
오늘밤 감기 들어
동침하고 싶어라

사랑 노래 5

마음의 끝을 보고 걸어서
마음의 끝에 가면
한쪽 어깨가 기울어
저묾에 머리 기대고 핀
외로운 들꽃 하나 보게 되리
팍팍하게 걸어온 저문 얼굴로
헐은 어깨 기울이면
야윈 어깨 기대오던 저문 그대
마음의 끝에 서서
저묾의 끝에 기대섰던 우리
마음의 끝을 적시며
그대는 해 지는 강물로
꽃잎같이 지고
한쪽이 쓸쓸한 슬픔으로
나는 한세상을
어둑어둑 걷게 되리

죽음

해가 떠온다
찬바람이 분다
어린 보리 잎들이 바람 부는 쪽으로도
눕지 못해
힘겹게 나풀거린다

죽은 아가야
늦가을 서리 속의 꽃처럼
너의 죽음은 이쁘구나
한 살도 못 채운 너의 죽음이 이뻐서
숨어 숨어 나는 눈물이 나는데
가난한 너의 어머니는 온기 없는 너를 업고
울며 울며 울어 눈물을 삼키며
산그늘 하얀 서리밭으로 간다
갈대들이 그쪽으로 손을 흔들고
아침 연기들이 그쪽으로 풀어진다
동네 아침도 모두 그쪽으로 열려 슬프다

이미 아가가 아닌 아가야
흔들거리는 손으로 네가 가리키는 쪽은
어느 쪽이냐
언 땅속 일생 없는 꽃들이
꽃으로 일생을 이루며
눈감고 산다

거기 가보려무나

보리

비바람 분다 보리야
비바람이 불면
바람 온 쪽 보며
바람 간 쪽으로 쓰러지자
위엔 언제나 하늘이고
등엔 언제나 땅이다
온몸으로 끝까지 쓰러져
무릎에서 뿌리내려
몸 들고 고개 들고 일어서자
서너 번 쓰러지면
서너 번 일어나는 보리야
온몸이 일어나는 보리야
잘 드는 조선낫으로 베어도
피 한 방울 없는 보리야
가자
오뉴월 뙤약볕 아래
보릿대 춤으로 가자

봄이 올 것이냐

봄이 오기는 올 것이냐
채찍으로 다친 다리를 이끌고
징검다리를 건너
저 어둔 앞산에 내 얼굴 전체를 파묻고 싶다
흙 속에 얼굴을 파묻고
땅속 겨울 풀뿌리를 보자
봄이 올 것이냐
저 시린 겨울 뿌리 끝에서
이마 시린 겨울이 가고
눈 가득 캄캄한 흙 털면
삼천리 강산에
눈물겨운 봄이 오기는 올 것이냐

저문 산길

오랜만에
내 다니던 옛길 뒷산에 올랐다
내 다니던 길엔 이미 내 흔적이 없고
나를 알은척한 풀들 또한 없어
내가 반가워해도 그들은 낯설어한다
나를 모르느냐 나를 모르느냐 물어도
그들은 고개를 흔든다
이상하다 내가 질 것 같다 내가 질 것만 같다
당당한 은행나무를 감고 올라가는 강력한 저 힘 앞에 내가 질 것만 같다
내 힘은 뿌리가 썩고 냄새가 난다
오오, 살 썩은 이 더러운 냄새

어둠을 털어 보내며 나를 저물게 하던
하얀 산꽃들은 없고
그 자리엔 잎들이 어둠과 어울려 무늬를 감추고 있다
다정이 피어나던 길섶의 풀꽃들은
내 키를 넘게 우거져 나를 위압한다
어느 똘감나무 밑에는 땡감들이 떨어진다
땡감 떨어지는 소리에 내 가슴은 덜컥덜컥 내려앉는데
풀들은 놀라지 않고 고개만 끄덕이다가 만다

산길은 갈수록 길을 찾기 힘들고
풀잎들은 내 살을 아무 데나 벤다

오, 어디에다 내 피를 흘릴까
하늘은 멀기만 한데
풀들은 피냄새로 벤 곳에만 와서 더 벤다
그들은 내 피를 더럽다 말하며 어둠에 버린다

이제 나는 이 세상의 끝에 와 있다
나는 온 길로 돌아가지 않으려 한다
가다 가다 쓰러지면 풀들이 내 썩은 피와 살을 먹으며
내 모양으로 무성하리라 그리하여
내가 그들을 배반하리라

저문 산에서 돌아와

외로움을 숨길 수 없을 때, 내 외로움을 의심하지 않을 때
느닷없이 벌떡 일어나 저물어오는 뒷산을 오른다
날은 저물어 떠날 것들은 이미 떠나 저문 강물에 몰려
서성이다 순서 없이 거품을 띄우며 물속으로 사라진다
사라져, 아아 모든 것들이 사라졌다가 다시 나온다
산속엔 몇 마리 산새 날아 숨고
풀 속에 숨은 길들 일어서면
산꽃들은 옷을 갈아입는다
발길 드문 길을 지나 문득 멈추어 설 때 나타나는 무덤,
풀들로 무덤들은 모양 없이 커 있고
풀꽃 몇 송이가 깜짝 놀란다
어둠이 오는 곳은 아무 데도 없고
산꽃 몇 송이만 놀란 듯 피어 있다

내 외로움을 흘리며 여기저기 버리며
어둑어둑 아무 데나 길 없이 돌아올 때
몇 개의 길들이 따라온다
줄 곳 없는 산꽃 몇 송이 내 손에 들려 있다
아아, 이 꽃은 무슨 꽃인가 나도 몰래 내 손에 쥐어진 이 꽃은
이 꽃을 누구에게 주며 웃을 것인가

주둥이 좁은 화병에 물을 붓는다

힘없이 떨어지는 시든 꽃잎 한 장
지난 외로움은 힘찼던가 아니면
나를 유혹했던 부끄러운 그리움이었던가
새 꽃을 꽂으며 언뜻 마당을 돌아볼 때
아직 돌아가지 않은 길 끝에 너는 서 있다 자욱이 사라진다
너는 누구인가 어두워지는 마당길 끝에 남았다가
나에게 들켜 훌쩍 사라지는 너는

모든 방문을 닫았다
불을 켜고 꽃을 바라본다
돌아간 길들이 스스로 이어지고 나는 끝날 수 없는 싸움을 시작한다
아, 산길에서 무심히 지나쳤던 하얀 산꽃이
가만가만 스스로 몸을 흔들어 꽃잎을 떨군다

누이야 날이 저문다

누이야 날이 저문다
저묾을 따라가며
소리 없이 저물어가는 강물을 바라보아라
풀꽃 한 송이가 쓸쓸히 웃으며
배고픈 마음을 기대오리라
그러면 다정히 내려다보며, 오 너는 눈이 젖어 있구나

—배가 고파
—바람 때문이야
—바람이 없는데?
—아냐, 우린 바람을 생각했어

해는 지는데 건너지 못할 강물은 넓어져
오빠는 또 거기서 머리 흔들며 잦아지는구나
이마 선명한 무명꽃으로
피를 토하며, 토한 피 물에 어린다

누이야 저묾의 끝은 언제나 물가였다
배고픈 허기로 저문 물을 바라보면 안다
밥으로 배 채워지지 않은 우리들의 멀고먼 허기를

누이야
가문 가슴 같은 강물에 풀꽃 몇 송이를 띄우고
나는 어둑어둑 돌아간다

밤이 저렇게 넉넉하게 오는데
부릴 수 없는 잠을 지고
누이야, 잠 없는 밤이 그렇게 날마다 왔다

못질

누가 못질을 하는가
녹슨 못질로 언 강이 금가고
산들이 머리 부딪쳐 울고 강물은 숨죽여 울며
얼음의 두께를 불리고 있다
그대 이마에 와서 술 깨게 하던 싸늘한 첫새벽의 냉기
강변 풀잎들이 허리 꺾어 입김 없이 토하던 숨소리를 들으며
그대 굴뚝 끝에 허옇게 서려 있는 서릿발을 나는 보았다

이따금 나는 그대 창문 앞까지 갔었다
그대 창가에 바람을 피해 가만가만 어지럽게 멈추던 눈송이들
그대 불빛은 어두울수록 먼 데까지 이기며 와서
나를 부르고, 추울수록 한없이 따사로웠다
나는 아무리 감추어도 어깨가 시리고
아무리 뒤척여도 온기 모아지지 않아
그대를 찾아 나서곤 했다
길바닥의 얼음이 바삭바삭 깨지고
내 마음도 그렇게 깨지며 찬바람이 스며들었다

어두운 창밖 허허벌판을 바라보던
저녁 굶은 그대 얼굴을 나는 보곤 했다
그럴 때마다 언 강이 쩌렁쩌렁 금가고
그대 굳어 있는 싸늘한 냉기의 얼굴이 금가는 것을

나는 보았다
배가 고파야 무엇 하나라도 된다던 그대
어쩌다 죄짓고 돌아와 기뻐하던 그대 환한 모습
나도 그런 기쁜 얼굴로
뒤채이던 소리를 들었다
아니면 그대 괴로울 때마다 홀로 소주 속에 숨어
이웃집에 가 많은 사람들 틈에서 무심히 잠든 평화로운
그런 무관심한 얼굴을 보았다

바람이 분다
눈들은 제 몸보다 무겁게 끌려다니며 온몸 피 흘리고
뒷산 풀들은 제 키보다 멀리 휘어지며 제 키보다 낮게
운다

오늘밤도 나는 내 외로움을 줄이려고
그대 창문 앞까지 갔었다
그대 불 꺼진 방, 바람에 이따금 덜컹거리는 창문,
그런 아침엔 언제나 엉뚱한 곳에서 그대를 보게 된다
그대 집 비워두고 언 들판 짚들을 긁어모아
짚더미 속에서 한 팔을 베고
새벽별을 보다 잠들어버린 그대
이 밤, 누가 헤매이며
녹슨 못으로 꽝꽝 언 강물에 못질을 하는가
머리 아프게 금가는 우리 얼굴에

누가 누가 못질을 해대는가

가을 편지

—누이에게

누이야
어느 배고픈 날 내 앞에 쏟아지는 햇살이 갑자기 퇴색되어 있고
나무 밑에 바람이 일 때 바람 소리는 스산하고
쳐다보는 하늘이 너무 깊어 어지러울 때 나는 가을 잎처럼 흔들린다
내 전신을 어루만지는 햇살은 아직 따사롭다
문득, 다가가서 손잡을 사람이 그리웁구나
나는 야위어가고 잎잎 사이로 눈부신 하늘이
언뜻언뜻 어느 얼굴처럼, 바람이 불 때마다 비친다

아침 안개 자욱하고 때로 손 시린 서리로 가을꽃들은 서둘러 피고 진다
누이야, 올해는 산산이 산국들이 무슨 뜻인지 더 흐드러지는구나
저물녘, 바람은 더욱 불어대고 꽃들은 더욱 깊이 쓰러진다
저 지는 해를 넋 놓아 바라봄은
내가 너무 많은 것들을 잃어버린 까닭이다
혹은 누이야, 내 죄로도 내 부끄러움이 너무 많은 까닭이다
꽃을 들여다보면 꽃은 지워지고 화사한 얼굴 하나가 다시 지워진다
내 한 발 디딜 땅이 너무 넓어 문득 멈춘다

여름이 생각나지 않는다
막막한 울음과 울음 뒤에 오는 어둠
어둠 속에 어둠을 익히며 듣던 그 선연한 물소리 바람소리 풀벌레 소리
내 사랑은 여울여울 그렇게 서러움으로 돌아갔다
이제 햇살이 줄어들고
나에게 부를 이름이 없다
누이야, 내 그림자로 내 무엇 하나도 숨길 수 없음을 나는 안다

모두 떠나가고 모두 남은 들판 가득 달빛이 내린다
나는 아직 그 자리에 서 있고 발이, 발이 저린다
나는 무엇 하나 간직할 수 없구나
먼 마을의 감 같은 따사로운 불빛들
누이야 무엇인가 하나를 더 버리고 싶은데
달만 저리 밝고 나는 버리고 싶은 것이 생각나지 않아 이리 서럽구나

곧 눈이 하얗게 산 사이를 하염없이 딴 나라처럼
내릴 것이다
누이야
아무것도 준비한 것이 없는데 겨울이 보인다
추위,

내 시린 한 손을 덥힐 온기는 이제 다른 내 한 손뿐이구나

누이야
혼자 기다리는 겨울이 무섭구나
혼자 기다리는 겨울이 무섭다고
몇 번 더 그래보면,
그래보면 누이야
가을이 참말 같아 더 무섭구나

슬픈 이마

하루해가 다 저물었다
바람 없이 가는 비들이 휘어 내린다
나무 밑에선 늦게 떨어지는 물방울로 나무들이 놀라며
사방을 둘러본다
아, 아직 아무도 듣지 않았다 말하며
어둠이 소리 없이 일찍 찾아든다

가야겠다
이 세상이 다 가지 않아도 나는 저물어가야 한다
누가 얇은 우산을 빌려다오
간지러운 비들을 모아 발아래 떨어지게 하여
놀라며 간혀 가려 한다

내가 가는 동안 몇 마을을 지나고
저녁연기들이 땅에 깔리며 배회하면
몇몇의 아낙네들이 부엌문을 열고
들길을 내다보며 허드렛물만 버리고 들어가리라
그들의 남편들은 저자에 오래 머물다 어둑어둑 오면
그들이 오는 길목마다 주막들은 촐촐하여
그들을 늦게 놓아주어 더 저물게 하리라

내 집은 이 세상에서 가장 멀다
저 어둠의 끝에 마을이 있고 마을의 끝에 키 낮은 내
집이 있다

마을은 어둠을 다 부르고 언제나 나를 마지막으로 부르며
저묾을 서둘러 끝낸다
저문 토방에서 내가 나를 풀고 어둠을 풀며 우산을 접으면
어둠을 가득 안고 등을 비껴나온 흐린 불빛으로
아내는 눈 비비며 나를 반겨 확인하리라
확인하며 치마 가득 어둠을 해산하리라
그러면서 내 뒤를 넘겨다보며
거짓말같이 걸어온 내 길을 찾아 먼길을 떠나리라
그때쯤 늦바람이 와서 비를 눕게 하리라
그러면 나는 저녁 밥상을 앞에 놓고
없는 아내의 다소곳한 이마를 찾아야 한다
슬픈 이마

절망

피제수는 제수에 절망하시압
분자는 분모에 절망하시고
응용은 실제에 허무하시압
계엄하에서도 자유스러운 우리의
웃음과 자유와 연애와
그 모든 성스러운 것들에게 축복과 행운이 함께하시압
나머지가 없는 우리의 끝내주는 총화는
최대공약수로 희망 넘치시압
나누기를 하시는 동안 절망을 보시며
그 절망을 이 죽이듯 손톱으로
눌러 죽이시압
여기저기 핏자국 선명한
아스팔트 위에
전부 절망하시압
압압압하시며
1970년대를 쭈우욱 미끄러지시압

시인 두 사람

— 김수영과 신동엽

짚으로 꼰 새끼줄로
검은 새끼 염소를 끌고 가고 있다
염소는 풀을 뜯어 자금거리며 따라가고
사내는 돌아보지 않는다
인적 없는 산골길
그는 자꾸 산속으로 들어가고 있다
쟁기를 진 한 사내가 비껴가다가
돌아본다

둘 다 앞보다 등이 아름다운 사람
멀어지는 두 사람 사이 펼쳐지는
끝없는 풀밭과
끝없는 논밭

꽃등

기다림
날이 날마다
저문 길 하얗게 비질하여 비워두고
정자나무 그늘에 꽃등 들고
밤새워 님 기다리며
발 저려 서 있네
험한 세상 거친 세월
칼질당해 속 뜨거운 사랑
애태워 기다리며 서 있네
기다리던 님은 저녁마다
어둠으로 길 지우며 돌아와
등에 모여 타데
밤 깊을수록 밝게 타데

아침

꺼질 듯 꺼질 듯 꺼져가는 꽃등을
헐은 치마폭으로
서로 바람 가려주며
색색이 꽃등 달아
어둔 밤을 지킨 우리
님이여, 그대는 어느 산 넘고 어느 강 건너 헤매이며
사시사철 동서남북 우리 봄을 찾는가
온몸 찢겨 헐어 아침이 열리면
어느 풀잎 뒤에 숨어 잠드는가
온몸 흔들어 깨워도 이슬인 듯 마르는가

낮

길가 웅덩이마다 물 마르고
눈물처럼 돌멩이마다 층층이
꽃가루 말라붙어 있다
이것은 무슨 봄인가 우리나라 저 봄은 어느 봄인가
날은 너무 오래오래 가물구나
갈아엎은 논 다시 갈아엎고 빈 구석까지 갈아엎는
농군들 얼굴에 흙먼지 풀썩이며 땀 없이 죽어가면
어느 풀들이 길길이 주검 위에 자라는가
논두렁 풀꽃들 온 들을 둘러싸고
풀벌레는 목메어 우는데
가세, 꽃송이에 이마 뜨겁게 덴 자리 마른흙 바르고
흙먼지 한입 써걱써걱 씹으며
가뭄 탄 얼굴로
솔뿌리 드러난
황톳길 불붙듯 가세

노을

해가 저물었다
가문 강변에 풀꽃들이
불 쬐듯 모여들어 숯불처럼 서로 살려낸다

강물에 발을 씻고 맨발로 야윈 풀밭을 걸으면
이슬 없는 풀잎들, 발바닥이 뜨겁다
풀잎 뒤에 숨은 어둠 서늘하고 뼈가 걸리고 밟힌다
밟히어 찌르고
피 없이 끊기고 갈가리 찢긴다

저묾

모든 것들이 생략되고 또 무엇이 서러움으로
강변에 남았는가
어두워질수록 길 하얗게 살아나며 비우는데
가슴에 와 턱턱 막히는 어둠
어둡다 어둡다 말하며 야윈 가슴
풀밭에 눕혀 야윈 풀꽃에 기대면
아, 뜨겁구나
남은 피까지 펄펄 끓어 불붙을 것 같구나

이 꽃 한차례 지고 나면
또 무슨 꽃으로 목이 메여
마른기침으로 컥컥 흙먼지 토하며
황토 고갯길 소쩍새는 피 넘기며 울까
다시 삼키면 목에 걸릴 뜨건 울음을

동구

누가 여기까지 나를 불렀는가
동구 밖에 서서 마을 불빛 바라보면
술 없이 취한다
타향 같은 고향에 살며
사람이 그리워 못 견디게 그리운 달 떠오르면
달빛으로 헐은 옷 껴입고
강변을 헤매이다
어둑한 얼굴로 토방에 들어서면
서늘히 식은 등뒤에서
물소리 몰래 끊기는 막막함

들린다 달빛 속에서도 숨은 민중의 피 튀는 아우성
문득 돌아다보면 어둑한 산속에서
숨 끊고 달려와 발등을 지지는 피 묻은 꽃잎
가자 가자 가자
허리 꺾인 꽃들아
허리 잇고 온몸 피 돌게 하러
꽃등 행렬로 산 넘고 물 건너
나라 찾으러 가자

2월

처마밑에 2월의 눈가루들이 휘몰려다닌다
어깨가 시리다
온몸을 움츠리며 캄캄한 어둠 속을 뚫어져라 바라본다
마음과 몸을 튼튼하게 하여 가난해지자
살얼음 낀 마음에 눈가루 스치는 쓰림으로 뒤채이며
봄, 봄을 기다리자

예수님과 진달래

다 떨어진 무명옷 한 벌로
이 강산 동네 집집이
재 속의 불 보살피고
꺼지는 숯덩이 불 옮겨주며
이 추운 겨울 맨발로
언 땅을 돌아다니다가
이른 봄 산 모퉁이를
진달래 꽃가지 꺾어 들고
응달부터 불을 지르며
꽃춤 추며
불춤 추며
오는 그 이

밤비

죽은 여자가 울고 있다
저녁 내내 내리는 비
내 등에 홈을 파며

내일 저물 때
황톳물 붉게 흐르는 강에 가서 보라
큰 산그늘이
강에 떠 있으리라

봄 처녀

물 건너
고개 너머 산골 논밭 길 지나
징검다리 건널 때
손에 든 진달래 꽃가지 입에 물고
버선 벗어 손에 든 채
치맛자락 올려 잡고
무릎 아래 이쁜 맨발로
시린 개울 건너오는 처녀야
옷고름 펄럭이며
고운 목에 감기고
물 가운데 돌 위에
시린 발로 시린 발을 덮으며
동동거리다가 붉은 발등을 보다
물에 비친 모습 바라보며
지금 거기
노랑 저고리 자주 고름
분홍 치마 휘날리며 서 있는
처녀야 조선의 봄 처녀야

문학동네포에지 076

누이야 날이 저문다

초판 인쇄 2023년 8월 8일
초판 발행 2023년 8월 18일

지은이—김용택
책임편집—김민정
편집—유성원 김동휘 권현승 유정서
표지 디자인—이기준 이보람 / 본문 디자인—유현아
저작권—박지영 형소진 최은진 서연주 오서영
마케팅—정민호 박치우 한민아 이민경 박진희 정경주 정유선 김수인
브랜딩—함유지 함근아 박민재 김희숙 고보미 정승민 배진성
제작—강신은 김동욱 이순호
제작처—영신사

펴낸곳—(주)문학동네
펴낸이—김소영
출판등록—1993년 10월 22일 제2003-000045호
주소—10881 경기도 파주시 회동길 210
전자우편—editor@munhak.com
대표전화—031-955-8888 / 팩스—031-955-8855
문의전화—031-955-2689(마케팅), 031-955-8865(편집)
문학동네카페—cafe.naver.com/mhdn
인스타그램—@munhakdongne / 트위터—@munhakdongne
북클럽문학동네—bookclubmunhak.com

ISBN 978-89-546-9376-9 03810

www.munhak.com

문학동네